剛才我已下定決心，今年要過一個最怦然心動的春天

女孩們的戀愛妄想日常

沙惠里—著
山科TINA—繪・漫畫
林萌—譯

今年の春は、とびきり素敵な春にするってさっき決めた

早上，我坐在還在床上睡覺的男朋友身上，
即使跟他說了「早安」，他依舊沒有要起床的跡象，
於是我邊搖著他邊對他說：「要遲到了喔，起床——」，

他一聲不吭地慢慢坐起身來，
然後抱著我倒向床鋪。

我扭動著手腳大喊「好重——！」，
惡作劇的他卻呵呵地笑著。麻煩請給我這樣的男朋友。

早安！
起身
喂，好重——!!
呵呵
呵呵

在進入140字的妄想世界之前

「如果能談這樣的戀愛就好了！」

「如果能有這樣的發展就好了！」

妳的心裡深處是否有過這樣的願望呢？

我們現代女性想要談夢想中的戀愛的機會越來越少，因為我們明白現實狀況沒那麼簡單，即使等待也得不到任何東西。（就連迪士尼電影，也開始走王子不會來迎接的路線了。）

與自己喜歡類型的異性在圖書館裡碰巧同時拿了同一本書，然後戀情就此開始，我們都知道這種事情根本不會發生。在天橋上撿散落一地的資料，幫忙撿起最後一張的是以前暗戀的學長……我們也都明白現實生活中不會有這種事出現。

但即使如此，我們有時候還是會做「要是這樣的話就好了」之類的夢，思索著理想男性的樣子，想像或許也有這樣的戀情，幻想著不可能會發生的妄想。

因為，現實實在讓人感到疲憊啊！

尤其每天每天光是應付落在頭上的一堆事情就來不及了，戀愛這樣的事情只會離自己越來越遠。事實上，已有數據顯示社會上「沒談過戀愛的年輕人」越來越多了。

就像忙碌的時候會想要「補充糖分」一樣，心靈乾枯的時候也會想要有「心動補給」吧。但是，這時候身邊卻沒有另外一半，我想這樣的人應該很多吧？(又或者，即便有另外一半，卻無法有心動補給的人應該也不少吧。)

所以，在腦海中想像美好的畫面，藉此補充心動的感覺不也很好？

本書由我發表在twitter上的文字集結成書，每一篇大約只有１４０字左右，而且內容100％毫無事實根據，所以我一直覺得將這樣的內容出版成書真的沒有問題嗎？雖然有這樣的想法，但在得知這本書會由山科TINA老師繪製插畫時，便覺得「如此的話，那真是太棒了」，於是有了這本書的問世。

老實說，光看插圖，就覺得這是本糖灑得多到讓人腦充血的可愛書籍。我真的非常感謝TINA老師，還有邀我出書的編輯小野小姐，以及總是能對我100％妄想出來的情節樂在其中的讀者們。

總是非常努力的女孩們，

進入１４０字的甜蜜世界，來補充糖分吧！

沙惠里

Contents

單戀

1

在筆記本寫上喜歡的人的全名，
接著在旁邊也寫上自己的名字，臉忍不住紅了，雖然馬上就把字擦掉，
但因為寫的時候沒有在下面墊東西，所以筆記本上還是留下了自動鉛筆寫過的痕跡。

啊啊啊地連忙再用筆把留下的痕跡塗黑，
卻反而讓文字反白，字跡更加明顯，
啊啊啊啊啊！忍不住慌張了起來。
這是上課中發生的事情。

あぁぁぁぁぁ…
啊啊啊啊啊……
?

跟喜歡的學長走在一起，
因為他突然不講話，雖然覺得疑惑但還是拚命找話題講話，
結果他呵呵地笑說：「抱歉，我剛剛在想事情。」

我馬上道歉：「啊，打擾你了?!很抱歉！」
卻突然被他抱住，
「不是，我剛在想該怎麼做才能抱住妳而不被妳討厭。」
請給我這樣的展開。

與明明喜歡彼此，卻遲遲沒有進一步動作的他一起約會，回程時，
我在剪票口前鼓起勇氣抓著他的上衣把他拉了過來親了他一下，
然後說了句「晚安！」後轉頭想要進入剪票口時，
突然嗶的一聲，票卡顯示金額不足。

滿臉通紅下往右轉，
就看到他微笑地靠近慢慢地給了我一個吻。
如此的一個夜晚。

ピタッ
啪噠
グイッ
拉近

剛交往不久的男朋友走在前面，

我看見他的制服袖子上沾到了髒東西，

伸出手想幫他拿掉，

沒想到他突然轉過頭說：

「咦?!啊?!抱歉！我也是這樣想的！」

然後牽起我的手。

「啊?!那個髒東西……」

「啊?!什麼?!」

想成為兩個人在一起就動不動臉紅害羞的高中生。

偷看
臉紅

跟男性友人一起去咖啡廳，兩個人發著呆看著外頭時，
一對情侶邊走邊吃著肉包與番茄披薩口味的包子，
男方要女方給他吃一口包子，於是女方便餵了男方一口，

「我也想那樣做——」
「跟誰（笑）？」
「跟妳啊，笨蛋！」

好想要有如此讓人心跳不已的對話。

告白

2

想傳ＬＩＮＥ給他，
打了好幾次「好想你」卻都刪除沒有送出，
最後打了「好想」兩個字的時候因為手機差點掉下去，
慌張中不小心按到了「傳送」鍵，
急忙確認畫面，卻發現顯示「已讀」。

正當我思考要找什麼藉口時，
他回傳了「妳」。

若有如此讓心情無比雀躍的星期一就好了，
但身邊沒有那樣的「你」。

嘰噠啪噠

因為非常累，
所以在男朋友身邊時，就會裝作什麼事情都不會，
「沒有我妳真的什麼都不會呢。」他半開玩笑地說，
用充滿愛情的眼眸微笑地看著我，
我眼睛微微瞇起來，
「所以你要一直在我身邊喔。」說出了這種只在連續劇中聽得到的話。
真希望也能有這樣的人生，我認真的。

晚上，與男友一起散步，

他突然小聲地說了句話，但我沒聽清楚，於是反問他，

男友卻一直盯著我，然後說：「沒什麼。」

當我一臉「？」

並準備繼續往前走時，他突然抓住了我的手說：

「對不起，不是沒什麼……我，喜歡妳。」

那個夜晚，我的心臟激動不已。

成為大人之後，很多話都不再好好地表達了，

但是，我想認真地向他告白，

在夏天微涼的夜晚，

我對他說：「該怎麼說比較好呢，那個，我喜歡你。」

他故意裝作一臉驚訝地回覆，

「真是巧，我也喜歡妳。」

一瞬間，兩人停頓了一下，然後相視而笑。

年下男友對我說：「我喜歡妳」，

於是我有點故意地問他：

「有多喜歡我呢？」

「嗯……」他開始陷入思考，

於是我笑著說：「不用想得那麼認真也沒關係」，

但他還是一直深思，

我摸了摸他的頭說：「好了、好了」，

結果他抬起頭認真地對我說：「……非常非常喜歡妳。」

這樣的夜晚真是太棒了。

哈哈
好了好了

非常非常喜歡妳
起身
ムクッ

同年齡的男友對我說：「我喜歡妳」，

於是我有點故意地問他：

「有多喜歡我呢？」

「有這——麼多！」他將雙手張開到最大，

「這樣沒有很多啊。」

「那妳有多喜歡我呢？」

「有這————麼多!!」我也把雙手伸到最大，兩個人互相比誰的手張得最大。

就這樣，兩個人哈哈大笑的夜晚也非常棒。

年紀比我大的男友對我說：「我喜歡妳」，

於是我有點故意地問他：

「有多喜歡我呢？」

「嗯……」他微笑地喝了口咖啡說：

「比妳想像的還要喜歡。」

「真的？」我反問他，他微微地低下頭，

帶著有點困擾的表情說：「老實說，已經喜歡到讓我覺得有點困擾的程度了呢。」

老實說，已經喜歡到讓我有點困擾的程度了呢。

妄想的開始

我平常從事寫作的工作，「妄想」、「twitter」絕對不是我的工作。

常常有人問我：「為什麼會想寫出這些妄想呢？」的確有滿多讀者或是認識我很久的朋友會問我：「為什麼？」同時也會問：「妳怎麼了？」我想正在閱讀這本書的讀者也想必在內心裡發出疑問：「為什麼這個人會有這麼多的妄想呢？」這裡我想澄清一件事情，我絕對不是什麼奇怪的傢伙。

我原本是從事編輯的工作，在出版社當過助理，之後轉職到新創公司工作，每天忙得暈頭轉向。

起床後能夠優雅地吃個早餐，然後從容地讀了幾頁書再到公司，接著游刃有餘地處理公事，晚上八點回到家，之後再去上瑜伽課……我本來想過的是這樣的生活。但事實上我的日子卻是：「起床後便是毫無片刻喘息地準備出門，衝出門後為了避免被平交道的柵欄阻擋，每天總是死命地衝刺奔跑，到了公司後就是不斷地工作，回過神來，已經是終電[1]的時間了。」

如此下來，工作不過約兩個月，我已經感受到我的「想像力」漸漸地邁向死亡了。

我的工作是做企劃之類的事情，常常有需要思考的機會，但我光是處理眼前的事務就已耗盡了全力。

心想再這樣下去就完蛋了，於是決定利用通勤時間做件事。

那就是「思考現在沒有發生的事情，並將這件事情寫在twitter上」。

我一開始想的是奇幻之類的故事。

要是現在電車不往上野（當時工作的地方）去的話就好了，但電車如果就這樣直接駛向幻想世界的話，可能就會遇到「想要取回傳說中的力量就必須要得到人類女孩的幫助」這樣的事情，而被捲入戰爭當中。不過若真的這樣的話就麻煩了，所以電車還是開到上野好了……。我當時在twitter上寫的就是這類的故事。

我寫過很多種類型，但twitter上反應最好的是「戀愛系妄想」故事。因為我是編輯（現在是作家），所以很清楚讀者想要我寫些什麼（請讓我如此解釋吧）。

1. 譯註：最後一班電車。

從那時開始，我便在通勤時書寫戀愛系妄想故事，就是如此單純的開始而已。之後我的腦中便開始無止盡地妄想，每一天書寫著讓人覺得「這傢伙真的有點糟糕」的甜蜜妄想，但請大家不要認為我真的很糟糕。

話雖如此，我也兩年不間斷地寫了這麼多甜蜜妄想，連我自己都忍不住以為自己搞不好真的是如此糟糕的傢伙呢。

另外，也常常有人問我，「這些妄想，有些是不是真實經驗呢？」，「這當然不可能啊！」不，應該說如果人生能有如此美妙的經驗，豈不是太棒了，不過很遺憾的，這些妄想100％都是來自毫無根據的腦內想像而來的。唉，生活艱困哪。

年齡差距

3

「妳回來了！」年下男友飛奔出來抱住我，
我開心地摸了摸他的頭。
「妳累了吧？要不要先去洗澡？」他說完，
開始想脫下我的衣服，
我趕緊邊說著「笨蛋」邊把他推開，
他居然抬起頭看著我，可愛地抱怨著「呿」了一聲，
真是超級爆炸可愛的夜晚。

妳累了吧？
要不要先去洗澡？
喂——

穿著西裝年紀比我大的男友說：

「要遲到囉？」

我小聲地咕噥：「討厭，我不想起來」，

他坐到床上說：「我的領帶是不是歪了？」

我起身幫他調整了一下領帶，

「好囉，起來吧！」他摸了摸我的頭，

「啊被拐了……」如此讓人懊惱的早晨，麻煩請明天也給我一次。

撲通
撲通
撲通

上班忙了一整天回到家，
年下男友走過來迎接我，對我說：「妳回來了」，
我順勢抱住他，將他壓倒在玄關的地上，
壓在他身上的我微笑地對著驚訝地大叫一聲「哇」的他說：
「我回來啦！」
然後捧著他的臉頰親了他一下後起身，
「哇啊，好害羞！」他說。
那就再來一次吧。這樣的夜晚今天也沒發生。

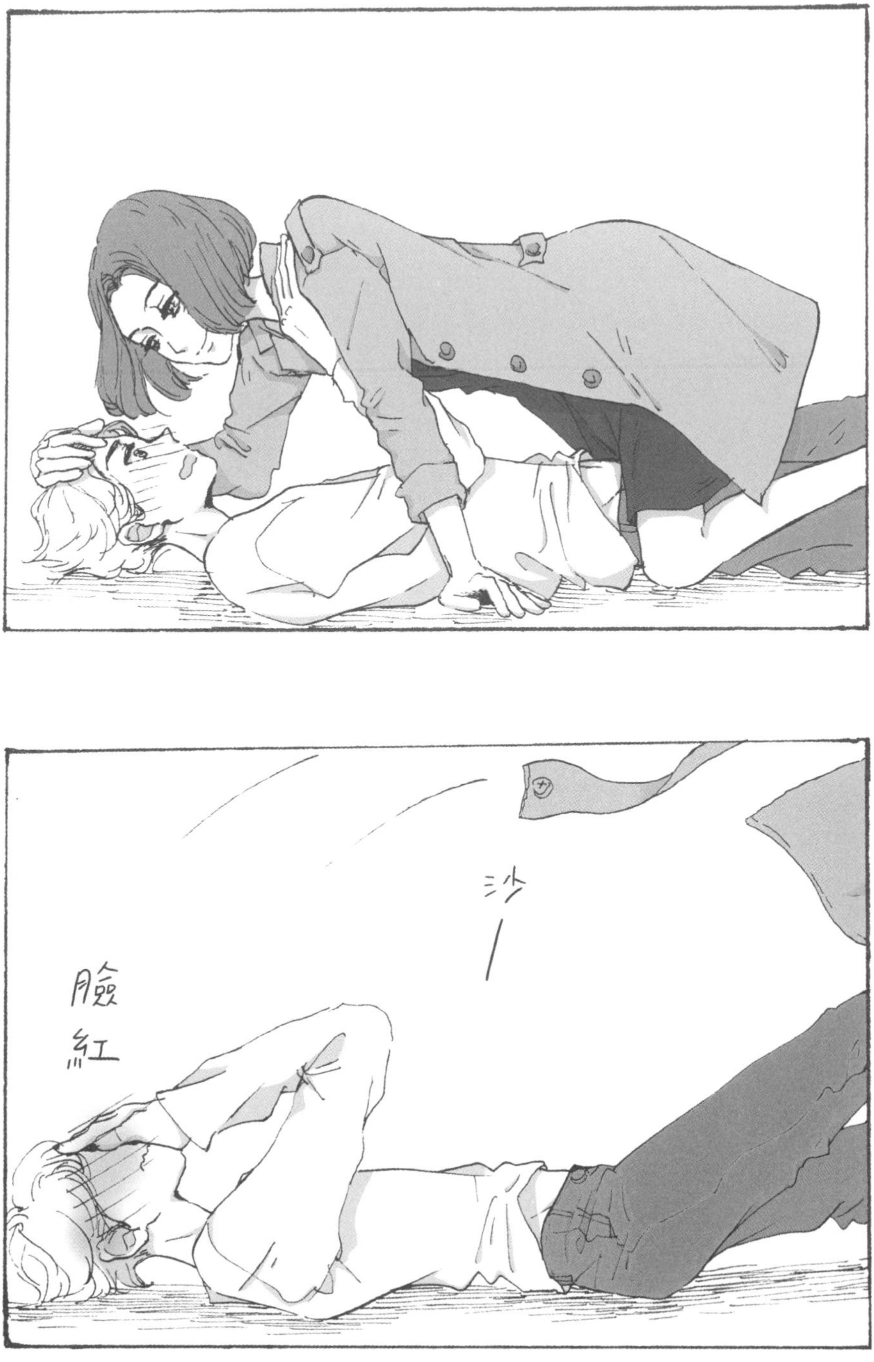
沙—
臉紅

起床後就聽到年下男友開心地叫我，

「早，來這邊一下」，

「妳看，荷包蛋煎得很漂亮吧！」

「嗯，好厲害！」我邊誇獎他邊摸了摸他睡到翹起來的頭髮，

「那……我來泡紅茶，你去整理整理你翹起來的頭髮吧。」

為什麼我沒有如此讓人忍不住微笑的早晨呢？

摸摸
哈哈
翹起
……

拖著因工作而感到疲憊的身軀回家，到了離家最近的車站下車後，
看到有著一頭蓬鬆柔軟的鬈髮，
像狗狗一般可愛的年下男友站在車站等著我，
他摸了摸我的頭說：「辛苦妳了」，
然後摸索地從超商塑膠袋中拿出了Papico冰棒[2]，
「來，給妳。」他笑著將冰棒分成一半遞給我。
若有幸如此，我一輩子都不會抱怨！

2. 譯註：這款冰棒是用一個環將兩個軟瓶子連接在一起，拉開連接的環，就能一人一瓶，適合分享。

辛苦妳了！

若有年紀比我小的男生問我：「學姊，妳喜歡怎樣的人？」
我回答嘴巴大的人時，他便把嘴巴張得很大，
「是像這樣嗎？」把嘴巴張得很大的臉轉向我，
這時候我會毫不猶豫地靠近他，在他的耳朵旁說：
「真可愛」，讓他的耳朵一片通紅。
像這樣有如奇蹟般的事情，今天也沒有發生。

是像這樣嗎？
拉開

靠近
輕聲
真可愛

跟平常因為忙碌很少見面，且年紀比我小的男友久違的約會，他毫不在意周圍的視線，抱著我說：「我好寂寞」，「我真的寂寞到要死掉了」，聽到他這麼說我忍不住笑了出來，他有點生氣地說：「是真的！」然後親了我一下，親完後他有點害羞地將臉看向旁邊，握著我的手說：「快走吧。」這樣的事情在我的人生中從沒發生過。

啾

跟好久不見年紀比我大的男友見面，

我開心地搖著他的手說：「好久不見！」

「嗯……」他用帶著憂傷的臉，邊抱著我邊說：

「我好——想妳。」

正當心想這樣的他好可愛時，他卻用有點困擾的表情看著我：

「這麼想見的，只有我嗎？」

蓬鬆
抱緊
蓬鬆
蓬鬆

傳ＬＩＮＥ給年下男友，
我只傳了兩個字「我——」、「好——」，
本來以為他會回傳「嗯？」，
沒想到他回了「想——」，
我思考了一下，回傳「你」給他。
這次換他傳了「我——」、「好——」給我，
我３秒內馬上回傳「愛你」，
「什麼嘛，好狡猾。」
給想要有這樣對話的大家。祝好夢。

?
唉……

到年下男友家玩，

在聊ＣＤ的話題時，兩個人的距離漸漸縮短。

他一臉認真地對我說：「妳的破綻……也太多了吧？」

然後他慢慢地靠近我，

我將食指抵住他的嘴唇說：「不可以」，

接著再度將目光放在ＣＤ上，

「……好狡猾，明明知道我喜歡的是什麼。」

他用有些洩氣的口氣說。請給我這樣的夏天。

好狡猾
明明知道我喜歡的是什麼
撲通
撲通

跟年紀比我小的男生在家裡喝酒，
沒有任何曖昧的互動，兩人喝得很開心。
「要喝水嗎？」我站了起來，
突然他從後面笨拙地抱住我，
「那個，我喜歡妳，真的，非常喜歡妳……」我被告白了，
「你喝醉了吧？」我問他，
「才不是喝醉。」
請給上班族女性如此美妙的展開吧。

那個
我喜歡妳
真的……
非常喜歡妳。
才不是喝醉
抱緊

跟年下男友一起，
深夜穿著家居服到超商買東西，
兩個人手牽手走進商品架之間的通道，
「這個很好吃喔。」
「我喜歡這個。」
邊這樣對話邊走到了超商店員看不見的死角，
他突然抓緊了我的手，出其不意地親了我一下，
我一臉「?!」
他卻在我旁邊一臉開心地笑著。
我想要這樣的男朋友。

微笑
微笑
!?

日常

4

男友在玄關大喊：「我出門囉！」

「等一下！」我急忙追了上去，但還是沒趕上，

只好鞋子也沒穿地打開大門大喊「等一下、等一下！」，

好不容易追上已走了一段距離的他，

抱怨地說：「還沒親親」，

「什麼啊。」男友失笑地給了我一個吻。

如果妳撿到這樣的男生請還給我。

呵
拉近

從背後抱緊坐在床上的男友，
「不要轉過來，面向前面聽我說」，
那個……那個……我小聲地告訴他「我喜歡你」之後，
男友將我壓倒在床上並抓住我的手腕，說：「妳怎麼這麼可愛，」
「不過，應該是我更喜歡妳吧？」
正在微笑著的大家，今天也辛苦了。

我喜歡你……

不過
應該是我更喜歡妳吧？
壓

結束加班後去吃拉麵時，
遇見了喜歡的公司前輩。

他撐著手肘微笑地打趣我說：
「妳會一個人來吃拉麵啊？」
「大口大口吃的樣子還真不錯呢。」
最後前輩靠近我耳邊說：
「下次要不要跟我一起去吃好吃的拉麵啊？」
如果能有這樣的邀約，要我加多少班都沒問題。

靠近……

喝過頭的夜晚，男朋友特地到車站來接我，

「謝謝你來接我啊啊啊～」一走近他，

他一臉嫌惡地用手捏我的臉頰說：「喝到臉這麼紅，全身散發讓人有機可乘的感覺，還讓我擔心。」

看他生氣地別過臉，

「對不起嘛。」我挽著他的手，

「全身酒臭味。」

「對不起～～～」

想這樣有點吵鬧地跟男朋友一起回家，但現實……

嘿、嘿嘿嘿～

キャッ
吵鬧
キャッ
吵鬧

聽不清楚的時候的「嗯」，
表示了解的時候的「嗯」，
有過來這邊的意思的「嗯」，
有牽手意思的「嗯」，
摸摸頭時有很棒很棒的意思的「嗯」，
表示快一點的時候的「嗯」，
有親一下的意思的「嗯」。

嗯
笑

有討厭事情發生的日子，抱著男朋友跟他說話，
講著講著就哭了出來，最後覺得害羞把臉埋在他的懷裡，
「這件T恤好醜……」還對他惱羞成怒，
他一臉擔心地認真問我：「欸，真的很醜嗎……？」
「啊，對不起，我亂講的，我很喜歡。」我慌張地解釋並抱緊他，
於是便頓時忘了討厭的事情。
獻給想要有如此情節發生的各位上班族小姐們。

正在工作中，男友從背後抱住我，

「還想睡嗎？」

「有好好工作嗎？」他邊說邊抓著我的手放到鍵盤上，

笑著說：「對，很棒喔！」

接著手從衣服下襬伸了進去，

開始在我肚子上搔癢，

「不要！」讓我笑到瞌睡蟲都跑掉了。

如果我有這樣的男朋友就好了，因為一個人一定會很想睡。

不要——
嘿嘿

工作結束後為來我家的男朋友做了道蛋包飯，
我看著他吃得臉頰鼓鼓的樣子，
時而摸摸他的頭說他「好可愛」，
時而問他「好吃嗎？」他點著頭回覆我，
吃完後他邊大喊「好好吃！」邊撲向我，
「太好了！」我摸了摸他的頭。
如果能買到這樣的時光就好了。

咀嚼
咀嚼
好可愛……
好吃嗎？
點頭
完食！
好好吃!!
嗚啊

打開窗戶，發著呆看外頭落下的雨時，

他從後頭用輕柔的聲音問我：「怎麼了？」

我依舊看著外頭，只回了他「嗯……」

他溫柔地抱著我，

可愛地問我：「變心了？」

「笨蛋，你怎麼會擔心這種事？」我呵呵地笑了出來。

有誰知道這樣的事情為什麼我從沒遇見過。

唰——ッ
小聲地
變心了？

長期海外旅行回國的那一天，
男友特地到機場接機，笑著對我說：「歡迎回國！」
因為他特地來接我，我難掩興奮地對他說：「我玩得超開心的！」
「太好了！」他笑著說完後緊緊地抱住了我，
「但是，我寂寞得快要死掉了！」
妳不覺得旅行有這樣的結尾真是太完美了嗎？

但是，我寂寞得快要死掉了！

同居最理想的狀況是寢室分開，
兩個人各自有自己的房間，
假日的時候，手巧的他在房間裡做著些什麼，
而我也在房間裡聽著喜歡的音樂，
或者有的時候我也會說句「打擾了。」然後拿著紅茶進去他的房間。
晚上，我會問他「我今天可以睡在這裡嗎？」
這樣的事情我前世就決定好了。

コンコン
叩叩
我今天可以睡在這裡嗎？

男朋友一直盯著手機，
剛開始我很乖地等，
但漸漸地受不了了，
於是將臉貼在他的背上，還用手抓了抓他的肚子，
他突然轉過來「喔啊——」一聲地開始搔我癢，
「不要不要討厭——」我一邊尖叫一邊大笑。
和那樣的夜晚相比，現在的我卻是在地下鐵。

捏
嗚啊——
不要不要討厭——!!!

認真地跟男友說昨晚做了非常恐怖的夢，
他用手撐著臉頰微笑地看著我，
因為他一句話也沒說，
「啊，你是不是覺得很無聊！
但是昨晚的夢真的很可怕！」
「不，不是，我只是覺得妳很可愛。」
希望時間停止在那一瞬間。

不
不是
我只是覺得
妳很可愛。

晚上，我正讀著書，

年下男友剛洗好澡，頂著一頭蓬鬆的頭髮抱著我，

躺在我的大腿上舒服地睡覺，

我一手拿著書，一手摸著他的頭髮，

「好像狗狗。」一邊小聲地說，

結果他一個起身「這樣，也像狗狗嗎？」給了我一個激情的吻。

這樣的展開真是大歡迎啊。

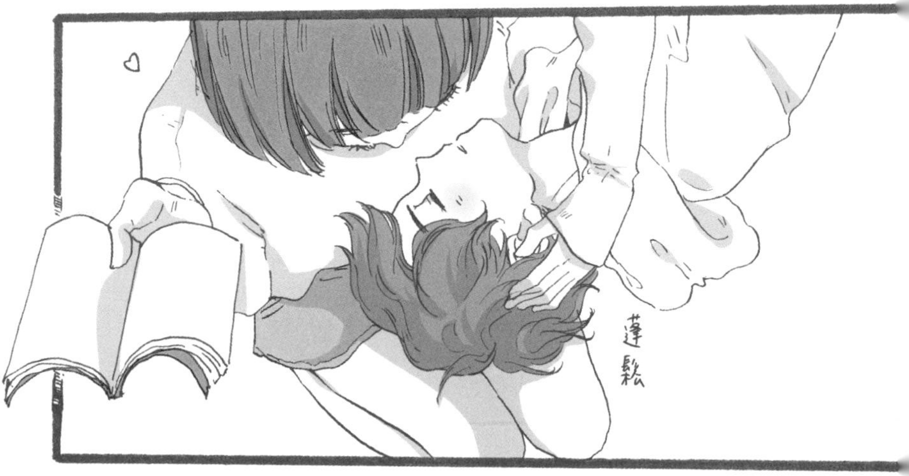
蓬鬆

啾

房間裡，我們各自拿著喜歡的飲料，做著自己喜歡的事情，偶爾對播放中的音樂表達自己的意見，

「我喜歡這首。」

「我也是。」

等到哪個人覺得有些無聊後，便從背後抱住對方，

「妳在做什麼？」

「嗯……？秘密。」然後親吻，結束個人的時間……

我夢想著如果能有這樣自由且安心的週日時光就太棒了。

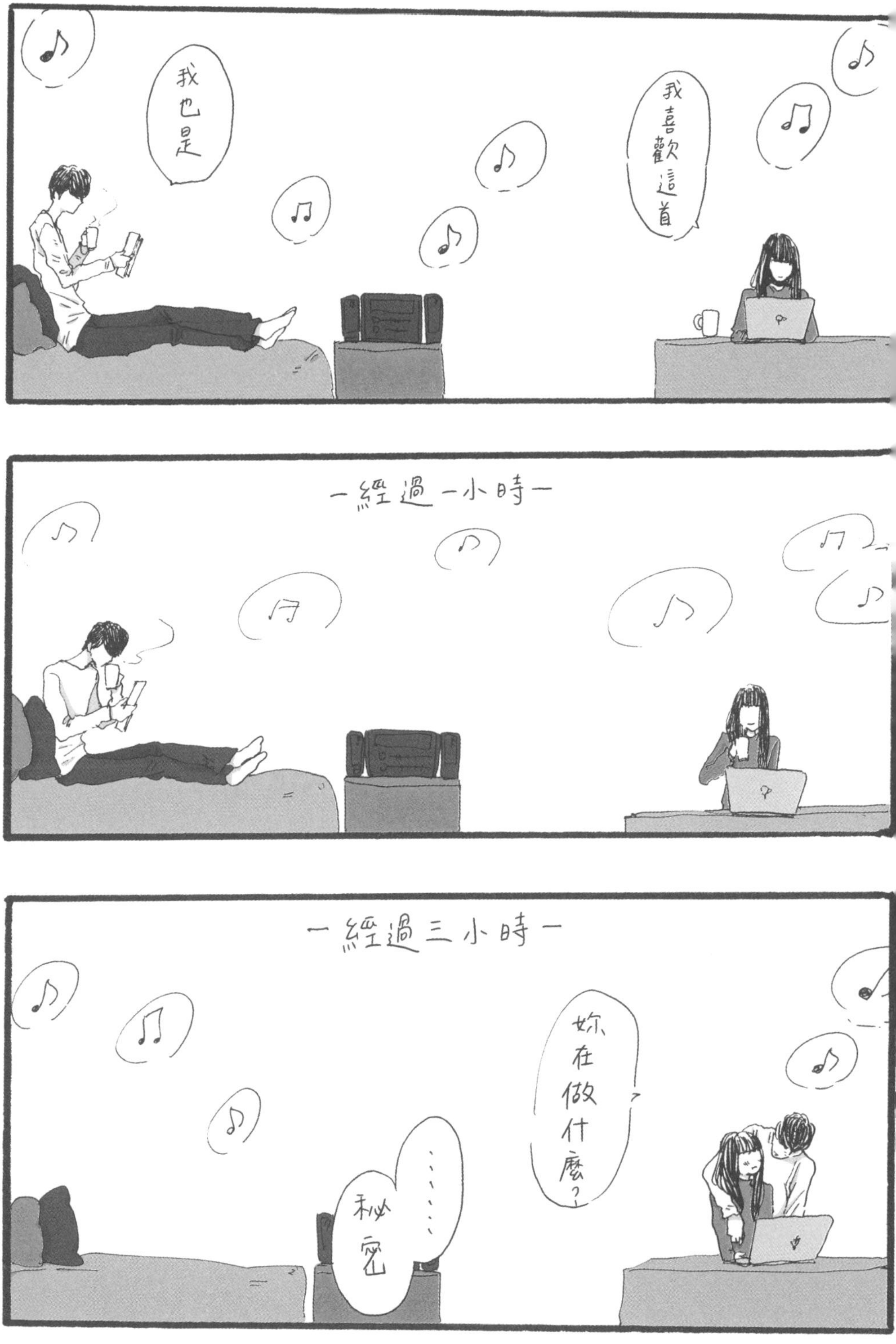
我喜歡這首
我也是
－經過一小時－
－經過三小時－
妳在做什麼？
……
秘密

與戀人度過的時間

我不是戀愛體質（我自己是這樣認為的），雖然覺得沒有戀人也可以過得很開心，不過我還是認為戀愛是件很棒的事情。

只是談個戀愛，世界就會突然閃耀起光芒。

當妳有了喜歡的人，那個人就會開始住進妳的腦袋裡，不只平常會想「他現在在做什麼呢？」，買東西的時候也會思考「他會喜歡哪一個呢？」，看到電影預告片的時候也會想「約他看這部電影好嗎？」。而用ＬＩＮＥ跟對方聊天的雀躍感也是以前從沒有過的，跟他的每一句話也都比以前來得更有意義。

到現在為止一成不變的日常，也變得愉悅熱鬧了起來。

……不管怎麼想，戀愛真的很棒！

「前言」中寫道，現在談戀愛的年輕人似乎正在減少中。

身邊覺得談戀愛很麻煩的人也變多了。

理由各式各樣，「不想一下子開心一下子憂傷」、「對於約會時的悸動覺得很累」、「到正式交往為止的過程覺得很麻煩」等等，這些理由對認為「戀愛最棒！」的我來說簡直不敢置信。

的確，戀愛不是只有瞬間的開心，戀愛有時會讓人做出完全不像自己甚至是會感到丟臉的事情，有時也會因為對方的舉動而有墮入地獄般難受的感覺，也必須進行麻煩的對話。

但是，包含這些所有事情，我還是覺得有戀愛的生活比沒有戀愛的生活來得精采許多。比起一個人生活，跟某個人一同生活一定更加有意思。不管是物理上或是精神上都會更加豐富。

只有年輕的時候才能談的戀愛有很多，我希望大家能更享受這樣的時光。

試著傳達喜歡的心情，直接說出想見面的心情也無妨。
不管如何，等妳事後回想起來，每一個行動都會是非常美好的瞬間。
即使會後悔，但比起沒有後悔回憶的人生，這樣不是更精采嗎？即使讓人覺得「真是年輕」也沒關係，不趁著年輕時做，要等到何時呢？

現在正談著戀愛的人、害怕談戀愛的人、覺得談戀愛很麻煩的人。

雖然不談戀愛不是不可以，但談戀愛可以改變妳所看到的世界，能有如此讓妳的時間更加快樂的方法，為什麼不去試試看呢？

約會

5

約會途中，看著男友的側臉，
突然希望他的心裡想的都是我。

「怎麼了？」他問，
「我希望你能更喜歡我。」我回答，
他一臉驚訝後說：
「我就是喜歡妳這樣。」然後便緊緊摟著我。
我連這樣的夢都沒做過。

我希望
你能更喜歡我。
緊抓…
抱緊
我就是喜歡妳這樣。

跟男友的第一次約會，我們一起去吃章魚燒，

「給我一顆。」他說，

我緊張地叉起一顆章魚燒遞到他嘴邊時，

手沒控制好，章魚燒碰地掉了下去，

「「啊～！」」

兩個人一同大喊了一聲後，彼此大笑到眼淚都快要掉下來，我抬起頭，

他一臉溫柔地對我說：「我好喜歡妳。」

我已經忘了甜蜜的初次約會。

我好喜歡妳。
小聲
掉落

跟有著一頭蓬鬆鬈髮的男友一起去看電影，
電影播放中，我們手牽著手，
他時而親親我的手指，時而將臉靠近我脖子與臉頰的交接處，
偶爾還拉拉我的袖子跟我索吻，
「好了，專心看電影。」我微微地發怒，
「可是……」他頓時意志消沉。
如此美妙愉悅的電影院票券，請問哪裡買得到？

啾
……
好了，專心看電影！
小聲
……可是
意志消沉…
好可愛……

與男友一起搭上沒有人的電車，
我用視線跟他索吻，
他看了我一眼說：「不行，不要」，
「好啦，那我忍耐。」我說完便將視線放在對面車窗上映照著的我們，
在車窗上我跟他四目相對，他突然說了句「果然」然後就親了我一下，
「抱歉，我果然還是無法忍耐。」
這樣的電車請問在哪一條線？

不行，不要。
好啦，那我忍耐!!
抱歉 我果然還是無法忍耐。
!!

跟喜歡的人一起散步在林蔭道上，我看了他一眼，他也剛好看著我，

「不要看我。」我笑著說，兩人停下腳步，

「現在是滿月，要不要接吻呢？」他說，

「不要開玩笑了。」我困窘地回覆後，他抓住我的手臂，

「我沒有開玩笑。」他用充滿誘惑的聲音說……

為了這一天的到來，明天也努力生活吧。

我沒有開玩笑。

跟因為一直有事情而無法見面的男友約會，
即使哭著罵他笨蛋，
即使邊罵他笨蛋邊打他，
即使嘴裡說著討厭，
他還是對我說「好了好了，妳乖妳乖！」，
我趁勢又說，「笨蛋笨蛋笨蛋笨蛋笨蛋，滾到別的地方去啦！」
「真的要我滾到別的地方去嗎？」他問我，
我慌忙抱著他說：「不要。」
真想要做一次這樣的事。

笨蛋
笨蛋
滾到別的地方去啦！
真的要我滾到別的地方去嗎？
不要……

討厭自己剪得太短的瀏海，

跟男朋友約會的時候總是低著頭，於是他問：

「妳今天好像沒什麼精神？」

「瀏海，剪太短了。」我向他抱怨，

他卻一臉驚訝地說：「有嗎？我覺得超可愛的。」

我害羞地摸著瀏海「你一定是騙人的，騙人啦！騙人！」

有嗎？—
我覺得超可愛的。
騙人的……
騙人啦！騙人！
…好可愛

跟男友吵架中，他突然傳了訊息過來：「今天有空嗎？」

想到他可能是要談分手的事情，所以帶著緊張的心情來到相約的地方，

他「嗯」地一聲拿出兩張票，

「去看電影吧。」他只說了這句話後便握住了我的手，我真的好喜歡他的笨拙。

想要有個兩人緊握著手，然後和好如初的夏天。但我連吵架的對象都沒有。

遮
我喜歡你。

四季

6

明明相互喜歡卻遲遲沒有進展的兩個人，
一起從無聊的飲酒聚會中偷溜出來，
兩個人笑鬧地走到了公園，
女生笑著說：「啊——真的是場無聊的飲酒聚會啊！」
「跟我在一起，比較開心嗎？」男生喝著汽水，心中很想說出這句話。
這樣的男生真適合夏日的夜晚。

啊—啊
真的是場無聊的飲酒聚會啊！
呼……
呼……
跟我在一起，
比較開心嗎？
……
咦
咿呀
咿呀
咕嚕
?
咕嚕
咕嚕

好冷……好想回家……

已經躺在被窩裡的男友，

看見我的樣子便拉開被子，

咚咚地拍了拍床上的空位說：

「過來。」

我縮進去後馬上把手放到他臉頰跟脖子的交界處，

「看招，冰冰攻擊！」

「哇，好冷！別鬧了！」

我也好想回到這麼熱鬧的被窩當中……

過來
咚
好冷！別鬧了！

和喜歡的人一起去煙火大會真的是太美好了。
在擁擠的人群中，我們手牽著手，
走在他身後看著他背影的那段時間，
趁著煙火綻放，盯著他的側臉變得明亮的那段時間，
回程電車中，因為「客滿」他緊緊抱著我的那段時間也很棒。
和喜歡的人一起去煙火大會真的是太美好了。
但我沒有去過。

砰
ジーッ
撲通
撲通
撲通

因為要和喜歡的人去煙火大會，所以特地去買浴衣，
可愛風格的浴衣與成熟風格的浴衣各試穿了一件，
「哪一件比較好？」本想傳給女性好友的照片，
卻不小心傳給了他。
因為他回了「兩件都超級可愛……」所以慌亂之中我兩件浴衣都買了，
那就跟他去兩次煙火大會如何？

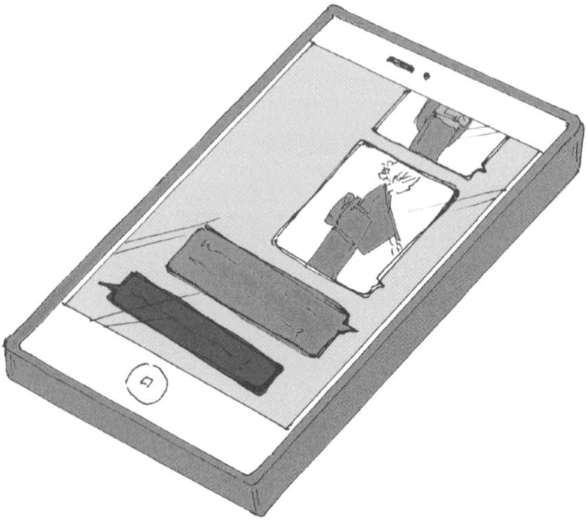

撲通
緊張
不安
緊張
撲通
好可愛……
撲通

♪
劈哩啪啦

想與喜歡的人一起玩線香花火。

「我，不會輸的。」

如此宣示的他的線香花火卻早早地熄滅了，

而我的線香花火持續不斷地燃燒著，

於是我忍不住笑了出來，結果線香花火便掉落熄滅了，

黑暗的瞬間，我的笑聲與呼吸都停止了。

好想要這樣的夏天。

啾……

晚上和朋友們一起在家喝酒，
因為酒不夠喝，和喜歡的他，兩個人一起走路去買酒，
回程的路上，塑膠袋發出了沙沙的聲音，
突然覺得自己喜歡他的心情難以壓抑，
於是在夏日潮濕夜晚的路上我向他告白：「我喜歡你」，
「……笨蛋，我本來想先告白的。」他臉轉向另一邊如此說。
這樣的青春場景我已經忘了。

……笨蛋，
我本來想先告白的。

到了夏天，我跟男朋友手牽手到深夜超商買冰棒，
然後邊玩著「ＧＵＲＩＫＯ[3]」的猜拳遊戲邊走路回家。
玩到不想玩的時候，就無視規則面向後頭的男朋友，
說「ㄈㄥˋ ㄌㄧˊ」然後走了六步抱住他，
「妳無視規則啊！」他笑著說，
「又沒有關係～」彼此笑了起來。
拜託，我也想要這樣的夏天。

3. 譯註：猜拳決定步數的遊戲。

跳
ㄈ
ㄠ
ㄌ
ㄧˊ
！
妳無視規則啊！
嘿嘿嘿
又沒有關係～♡
抱緊
噠
噠
噠
噠

吵架中，
「妳現在在哪？」
「不告訴你。你不要來找我！」
正在進行這種對話的同時，
他竟然靠著第六感找到了我，出現在我的面前，
「你幹嘛來找我！」我本想這麼問他，卻忍不住笑了出來，
「做到這個地步，你一定是哪裡有問題。」
「我知道，但我喜歡妳。」他說。
那是個想讓兩個人一起喝冰涼伯爵茶的夏天。

磅
呼……
呼……
做到這個地步，你一定是哪裡有問題。
呼……
呼……

關於妄想

我喜歡的一段話是這樣寫的。

「但凡人能想像到的事物，必定有人能將它實現。」

這段話出自法國作家朱爾·凡爾納的作品《海底兩萬里》。

我還喜歡另外一段話。

「一般人只看到已經發生的事情說『為什麼會這樣呢？』，我卻夢想從未發生過的事情，並思考『為什麼不能如此呢』？」

這是出自於電影《窈窕淑女》的舞臺劇原著《賣花女》中作者蕭伯納所寫的一句話。

這本書雖然只有戀愛系的妄想，但除了戀愛以外的事情也可以妄想喔。

例如，如果這時候有這樣的東西就好了；或者，如果有這樣的人就好了之類的。若是更貼近現實的妄想，像是如果能有這樣的體制就好了；或是若能有這樣的生活方式就太好了等等。

像這樣的「做夢」雖然會被嘲笑，但是「做夢的力量」認真起來，也是能達到某種程度的幫助的，並且能帶領自己前往更好的地方。

說到底，社會上新創立的公司與服務，原本應該都是從「妄想」開始的。思考著如果能這樣就更好的人們，當他們知道了能將這些事實現的方法時（又或者有這樣的夥伴出現時），妄想就不再只是妄想，而是實現的時刻了。

我也一樣，持續書寫妄想，而妄想竟然出版成「書」，這是我想也沒想過的事情。

出書是我一直以來的夢想，但只有我一個人是辦不到的，都是因為有讀者們以及協助我的人們，我的妄想才能變成書籍。只是一直做著夢（不過我還是沒遇見我夢想中的蓬鬆鬈髮的男朋友就是了），而夢想在不知不覺中以如此超棒的形式實現了。

在「做夢的力量」發揮幫助之前，現在閱讀這本書的讀者們，請不要看輕做夢這件事情，然後，請不要害怕說出口這件事情。

腦海中的東西雖然會在沒有任何人知道之下而消逝，但現實中的文字或話語卻有可能為妳帶來某些連自己都意想不到的事情。

夜晚

7

洗完澡後，

「幫我吹頭髮。」我拜託男友，

「齁——」他雖然抱怨但還是幫我吹頭髮，

吹著吹著，他漸漸樂在其中，還對我說：「妳頭髮好細，而且好香。」

突然覺得有點害羞，本想跟他說我自己吹頭髮就好，

他突然關上吹風機，一片安靜中，

他在我耳邊小聲地說：「以後我每天都幫妳吹頭髮吧。」

請給我這樣的夜晚吧。

轟轟轟轟

轟轟轟轟

在鏡子前面拿下耳環時，

洗完澡剛吹完頭髮，一頭蓬鬆鬈髮的男友從後方抱住了我，

我看著前面的鏡子問他「怎麼了？」他沒有回答。

「？」我一臉疑問地轉過頭，他突然親了我一下，

「我就是在等妳轉過頭。」沐浴後的香氣飄了過來，

這種讓人微笑的甜蜜展開到底在哪裡。

啾……

夜晚

剛交往的男朋友從後方抱住了我，
用一副很開心地口吻說：「是我的，對吧？」
「是啊。」我這樣回答，
「我的……」他還是這樣重複地說了好幾次，
最後他說：「實在是太高興了，高興到自己都快要受不了了……」
「蛤——？你在說什麼啦！」
請給我如此男女相視而笑的夜晚。

我的……
我的……
我的……實
？
嗯？
實在是太高興了……
高興到自己都快要受不了了……

飲酒聚會裡心儀的人拿手機給我看，

「妳看看，覺得這個怎麼樣？」

「什麼？」我湊過去看，手機螢幕顯示著筆記本的畫面，

上頭寫著「咱們兩個人一起偷溜出去，如何？」

我驚訝地抬頭看他，只見他一臉惡作劇地微笑，

於是我指著螢幕說：「我還滿喜歡這個主意的。」

他回：「我也是！」

這種共犯式的時間我也好想擁有。

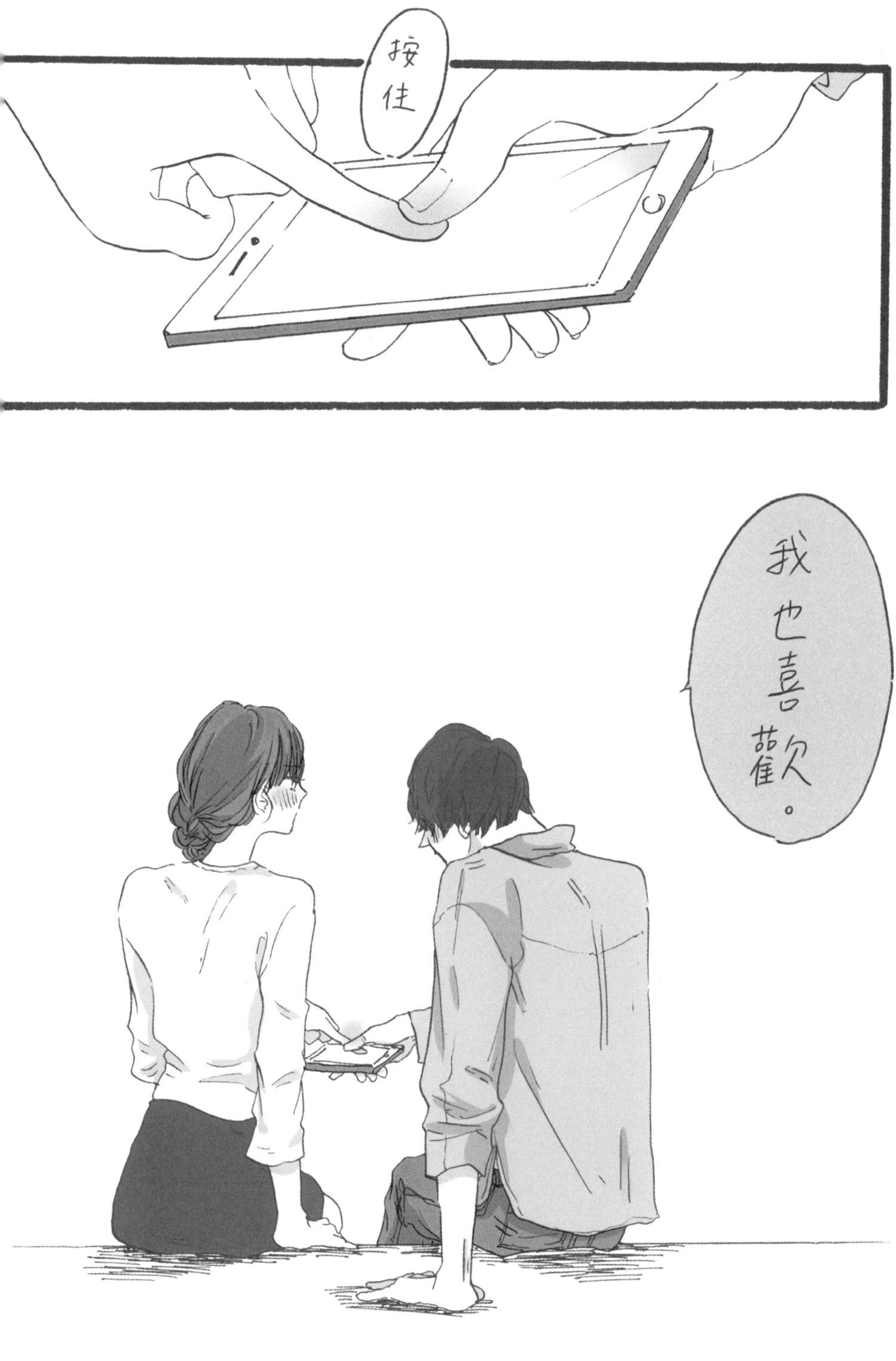
按住
我也喜歡。

昨晚，比我早躺進被窩裡的男友，
「嗯」地一聲對我伸出了手，
所以我便將正在喝的茶遞給了他，
「不是這個……」他抓住我的手說，
我隨他的意順勢躺在床上後，
他從後方抱住我，
帶著睡意地說：「對，我想要的就是這個。」我整個人飄飄然了起來。
甜蜜記憶改寫中。

對
我想要的就是這個
睡意
睡意

睡前，兩個人一起在洗臉檯前刷牙，因為他突然說：

「啊——肚子好像胖了一圈。」

所以我就從背後伸手捏了捏他的肚子，

即使他生氣地說：「住手」，我還是一直捏，

「喂。」

我也想要試試即使被罵也很開心的情節。

喂
嘿嘿嘿

「我們去看星星吧！」於是開了很遠的車來到看星星的地方，

在地上鋪了墊子正打算躺下來的時候，他突然說：

「啊，會不會冷？」

「啊，我去拿咖啡！」

然後貼心地跑到車子裡拿東西，

看著他如此可愛的樣子覺得很感動，

當他第三次「啊」的一聲又要站起來時，

我壓倒他並輕輕地吻了他一下說：

「沒關係的，我們來看星星吧。」

我想成為這樣的女生。

啊
噠
啊
噗
呼……
咦，還有？
啾
沒關係的

之前我曾對他說過我喜歡星星，
但他只回了句「是喔」，一副絲毫沒有興趣的樣子，
約完會回家的路上他突然手指向空中，說：
「那顆紅色的星星叫做參宿四……我只記得這一顆星星的名字。」
其實我知道這顆星星的名字，但我故意回他：「我不知道這顆星星的名字耶！」
踮起腳尖親了他一下，
「我會記起來的。」
請給我這樣令人微笑的夜晚與男朋友。

啾

突然覺得寂寞，
一旦察覺寂寞，心情便會無法克制，
所以深呼吸靜靜地看著天空，然後找到了不用忍耐的理由，
於是跑到了想見的人的身邊，
他驚訝地說怎麼來了，
我笑著對他說：「因為是滿月……其實我也不知道理由。」

都是月亮惹的禍。

呼……
はぁ、、
はぁ、、
呼……
那個
因為是滿月。
呼……
呵呵
ふふ
真可愛
カワイイ

回到家，

男友電燈也沒開地坐在走廊，

「妳好慢……我肚子好餓……」他抬起頭看著我說，

「嚇我一跳！好歹開個燈吧。」我說，

「我沒有力氣……」他慢慢地站起來一把抱住了我，

有氣無力地在我耳邊小聲地說：「妳回來了。」

光是想像這畫面就讓我流口水，實在是太危險了。

小聲地
歡迎回家
撲通
撲通
撲通
撲通
撲通

結尾

非常謝謝大家讀到最後。

讀完後，請問大家現在的心情如何呢？

還是覺得自己到底看了些什麼而驚訝無言呢？

還是覺得糖分過多，胃有點不舒服呢？

是竊喜呢？

因為要出版這本書，所以重新讀了一次自己寫的妄想，讀完後覺得自己有像是吃了一堆生奶油與超大鬆餅後那種胃有點不太舒服的感覺，所以我有點擔心大家的狀況……妳們還好吧？

這本書不是討好大家的自我啟發書，也不是像「改變心境為了更好的生活的勵志書」，或是「明天就能派上用場的ＨＯＷ ＤＯ」那樣的商業書籍。

寫的不過是現在沒有（未來也不確定會不會有的奇怪）的事情，以及讓人看了受不了的插畫而已。

但是，這樣的甜蜜故事即使只有一點點，如果能讓妳感受到像是吃了巧克力般心情得以放鬆一下，並得到「好，工作再努力一下」、「來努力用功念書吧」這樣的能量的話，對我來說沒有什麼比這個更值得開心的事情了。

一頭蓬鬆鬈髮的溫柔男友，撫摸頭髮的細長手指，從鬆鬆捲起的白色襯衫的袖子裡能看見的手臂血管，從解開兩顆扣子的襯衫中露出的鎖骨，雖然這裡都沒有，但隨時都能在腦海中描繪出來喔。

妄想的話，隨時隨地都能補給糖分，也不像巧克力會讓自己發胖。

讓這本書的「妄想」成為總是拚命努力的妳的「糧食」吧。

最後的宣傳，

除了妄想以外也會寫其他事情的twitter（@N908Sa），大家可以追蹤一下，以後也請多多指教喔。

真的非常謝謝大家讀到最後。

也非常感謝畫了讓大家心跳不已的超棒插畫的山科TINA小姐。

二〇一七年春天 SAERI（沙惠里）

「晚安」

呼嚕
呼嚕
呼嚕

國家圖書館出版品預行編目資料

剛才我已下定決心，今年要過一個最怦然心動的春天 / 沙惠里 著 / 山科TINA 繪・漫畫；林萌 譯. --初版. --臺北市：平裝本, 2020.02
面；公分. --（平裝本叢書；第501種）
（散・漫部落；23）
譯自：今年の春は、とびきり素敵な春にするってさっき決めた
ISBN 978-986-98350-5-3（平裝）

平裝本叢書第501種
散・漫部落 23

剛才我已下定決心，今年要過一個最怦然心動的春天

今年の春は、とびきり素敵な春にするってさっき決めた

作　　者—沙惠里
繪・漫畫—山科TINA
譯　　者—林萌
發 行 人—平雲
出版發行—平裝本出版有限公司
台北市敦化北路120巷50號
電話◎02-27168888
郵撥帳號◎18999606號
皇冠出版社(香港)有限公司
香港銅鑼灣道180號百樂商業中心
19字樓1903室
電話◎2529-1778　傳真◎2527-0904
總 編 輯—許婷婷
美術設計—嚴昱琳
著作完成日期—2017年
初版一刷日期—2020年02月
初版四刷日期—2022年04月
法律顧問—王惠光律師

讀者服務傳真專線◎02-27150507
電腦編號◎510023
ISBN◎978-986-98350-5-3
Printed in Taiwan
本書定價◎新台幣250元/港幣83元